JN175392

歌集

神の池

Gou-no-Ike

Yoshiko Otake

大竹良子

現代短歌社

目次

神の池

息栖神社

産土（うぶすな）の神社の若葉すがしくて祈り深めつ秘めたる祈り

朝ごとに息栖の神に参拝しひたすら念ずわが生きる道

堤防をジョギングしては体力を作りて進む晴れ晴れとして

何時の間にか湧きくる勇気に押されつつ目標見つめ歩き行くなり

追憶　昭和十三年

朝ごとに父は愛馬で田園を一廻りするを日課としたり

あこがれて父にたのみて乗馬すれば馬は驚き走り出したり

乗馬して馬にしがみ付き田園を一周するや父かけてくる

馬屋にて出産のさま見て居りき薄い袋に包まれて生まる

時待ちて子馬よちよち歩くさま可愛いしぐさ息のみて見つ

母

東京に学ぶ思いは許されず身の弱ければ死んでしまうと
上京し離れて行かん不安ありて吾をそばに置く母の意志なり

人生の出発親の意志にして吾が意志のなき船出なりけり

帰り来ぬ吾が青春の船出なりき今尚思い消えずにありぬ

経済の先見ありてその智恵を何時得たるかや母を偲びぬ

母の智恵あれこれ思うこの年のわれに時間は速く流るる

母の理想はわたしを縛る上京はならねど夢に乗せて生きたり

おりおん座　昭和二十五年

興業は渡世のこととは知らずして映画館経営始めたるなり

泥沼に足を入れたるおそろしさ　まわり整え開館となる

ポスターを張り客待てば開演を楽しみにして集う人等は

一念の思い強くば結果良し只それのみを友となしたり

「君の名は」大ヒットなり満員のお客の安全ひたすら願う

大竹興産

小切手の不渡りありて暗き穴に落ちて眠れず青空見えず

早朝のランニング始む思考力もどりつつありて父に話すも

男にもなき大胆な事なりと叱られん銀行へまた借りに行く

何事も吾が使命なりという思い只ひたすらに前に進みぬ

ゴルフ場用地や大型の店舗地の開発をする用地まとめて

曲り角

細うでの四十二歳三人の子と歩み初む新たな人生

若かりし決意を強く持ち直す子等は知らずや母の一生

砂の販売

芝の上にボールを見つめスイングすこのさわやかさ風切りて飛ぶ

息子等と行くグリーンは快し強いんだねとほめられ進む

新設のゴルフ場への注文の営業始む希望新たに

関東に注文求むる営業は知人友人ありて広がる

青森へ砂を求めて幾度か息子の運転にトンネルぬけて

背を押すや息子(こ)の運転に希望持ち母子で進む夢大きくて

営業の人と交わりおのずから男の人の大きさ学びぬ

九十九里海岸

千倉まで通う道のり砂浜の白き海岸青き海原

千倉より帰る夜道の楽しさよ輝く波に疲れ癒さる

アロエの花咲ける旅館を買いとりて事務所に変えて出発したりき

月光に打ち寄する波きらめきてダイヤちりばむごとく見ゆるも

信じ合う心持てるを大切に紹介の千倉町長に会いぬ

山田町工業団地

工場を誘致する三億円の借り入れが七億円の元利となりぬ

息子らは驚きあそこもここの土地もなくなるという騒ぎになりぬ

苦しみて歩く道にて幾度かおのずと知りぬ広き世界を

ひと呼吸己を癒すすべ知りぬ旅のショッピング楽しかりけり

一人旅の北陸本線見渡せば日本海に岩壁迫る

レストラン「ロブスターテール」　昭和四十七年

レストランの開店準備ととのえて息子三人へすべてを託す

初めての世界にわれわれの命をば躍動させて前へ進みき

質屋「東洋」

投資家の金に魅せらるる昨今のにぎにぎしさも聞こえつつあり

生きていくわれの姿を息子らへ見せん思いに質屋営む

純金のずしんと重き手ごたえに心輝き心うるおう

純金やダイヤ宝石商えばきらめく世界の広さを知りぬ

梅の枝　平成十二年

初詣献納したる灯籠にわれの社の名のありてうれしき

頭たれ商売繁盛懇ろに祈れば明るい心になりぬ

縁結びの願いびっしり梅の枝叶えて下さい祈りの深さ

気負いつつ走れば息も苦しかりあせらず歩く人生の道

巡り逢う良き琴線も触れ合いて生きる醍醐味道は開ける

わが甥もこぼれる笑顔に銀髭の似合う品ある大人となりぬ

巡り逢い語るも楽し老いらくの恋もあらんと思いおりたり

猫タマ

かたことと電話機はずし遊びおるタマをコツンと小声で叱る

外へ出るタマはハンター蟬、蝶をとりてきらきら目を光らせる

宇宙

学説を読めど不思議や宇宙とは正体不明の暗黒世界

電力の不足に悩む現実に何か見ゆるか太陽の熱

宇宙より岩石流れ落つる時強き熱をば発すると聞く

天空に光り流るる物体ぞテレビにて見るロシアの魔空

行方路

炎天に葉をとがらせる杉林過ぎて涼風流れ来たれり

森と森重なり合いてまろやかに一息入れむ日影涼しく

この車道アップダウンの楽しかり車でジャンプする心地よさ

神の池

神（ごう）の池の土手の小草は露ためて吹きくる風にふとこぼしたり

神の池ふれあい橋の向こうには風力発電翼を回す

さざ波の水面さやかに神の池ぽしゃぽしゃとかすかな水の音する

池の縁を走る人あり散策の人の静かな流れに添わん

障害の息子を乗せる車押す老いたる父の愛の姿ぞ

神の池の緑は人を癒すらん秋の花火を楽しむ人ら

洋上に風力発電設置する神栖の海岸新たなる年

和服

この冬は和服を着んか軽やかに体にそいてなじむ楽しさ

あれこれと衣裳を見つつ空想のひととき楽し冬日さす部屋

足腰のリハビリに日々通うなり舞の発表目前にして

着物着て裾さばきして暖かな感覚うれし和の暮らしなり

白き蝶花から花へと舞いうつり静かな朝に命燃やすや

友きたり習い始める「潮来船」踊りて見せるのどかな午後に

ビデオにて「深川情話」踊りたるわたくしを見せ話はずみぬ

舞うことの好き者同士潮来より神栖まで来る親しき友よ

待ち合いのスマートホンの若者よペンを走らすわれはひたすら

ブルーベリー豊作なればジャム作る赤紫の色の輝き

雨

炎天の続ける日々やわたしには宝の如し今日降る雨は

とんとんと胡瓜を切りぬ朝食に畑より取りしジューシーな香り

ざくりと切る冬瓜の皮あつくして朝の味噌汁秋の味なり

お料理の味付けなれば自在なる我の短歌の何かしまらぬ

野辺の花一輪持ちておみやげとくれる曾孫のやさしさうれし

作りたてのカレー夕餉にと持たすなり子らとの絆ふかまるらんか

冴えわたる青空に浮く半月の淡くおだしきさまを見つむる

足腰のツボをみつけて指圧する明日を元気に生きゆくために

山鳩の声

中国の反日運動に胸痛む政治は広き世界が見えず

オスプレイの飛行訓練テレビに見る時代の流れ変わり行くくらし

ポッポーと山鳩の声いずこなるのどけき午後に何を知らすや

日暮るるや川風吹きてけやきの葉さやかにゆれる利根(とね)川に沿うわが家

庭草

庭の草成長早くたくましく負けじと抜くも草に追わるる

炎天の庭のシャワーに集まれるスズメ、トンボも水にうるおう

花みずきの葉の色づきて吹く風のゆらしておりぬ秋まだ遠し

刈田あと送電線の目にしみる電力不足言わるる昨今

バラの花風の流れに散り始む暮れゆく秋ぞわびしくなりぬ

新米を送りし孫より電話あり水ひかえ目と教えやるなり

ポプラ木も葉を落とししや風流れ秋のおとずれ潮来出島に

踊る人リハーサルにも高揚しそれぞれの技に研きをかける

発表会目前にして熱心に舞の練習楽しく暮れる

この秋のいちじく熟れて三個ほどご先祖様におそなえしたり

秋

竜になり登りゆかんか青空のあくまで高し今日の秋晴れ

白い煙一本高くのびあがる工業地帯の空抜くほどに

青空に魅せられ車走らせて届かぬ空を追う幼さよ

友の店にサロメチールを買いに行く足腰なおし踊る楽しさ

無心に短歌を

悩まずに無心に短歌(うた)を作りたし意志を固める記念の秋日

早朝の西空に浮く残月のりんたるさまをしばし見つめる

なんとなく胸の奥まですけてくる清々とした夜明けとなりぬ

病院の待ち合い長し呼び出しの声気にしつつ歌集読みおり

どの服をまといて見ても変わり映えなしと知りてもまたショッピング

素晴らしき芸術祭も終わりたり片付け済みて心安らぐ

唄ならば悲恋がいいわ切なさを舞にうちこむ「恋の酒」かな

北浦

北浦に白鳥遊ぶ越冬の餌やる人のやさしき瞳

白鳥や水鳥の群れ遊ぶ湖（うみ）皆待ちており楽しき季節

潮来長勝寺

苔むせる思い出の庭長勝寺遊びし時代たぐり寄せたし

わびさびを語らず見する庭にして野点茶会も遠くなつかし

水郷

さわさわとまこもの葉をば渡る風アヤメ祭りの笛の流るる

雨の降る潮来前川アヤメ祭り嫁入舟の楽しげに行く

川風の水郷巡りの船に乗る水門のうずにはげしくゆられ

浪にゆれ遊覧船は客待つか川辺の葦も客をまねくか

花しょうぶ艶をましたり旅人の潮来祭りの宴のたけなわ

枯れ草の河原に芹のもえそめて若き生命（いのち）の春を呼ぶらん

澄み渡る利根川沿いのその土手に赤とんぼきてわれを追い越す

秋雨にむせぶがごとき北浦の橋を渡りて歌会に行く

北浦を台風去りて浪白し鷺らの遊ぶ青田すがしき

わが里は水豊かなる水郷ぞはるか紫紺の連山浮かぶ

ゆるやかな利根の流れに水鳥のもぐりては消え浮かびて遊ぶ

黄砂

行方路の土は採られて荒れ肌の見えて激しき商魂のあと

月白き夕べ漂う菜の花の匂いなつかし少女のころの

舌たらずに鳴くウグイスよふるさとの空の霞みて若芽の萌ゆる

黄砂舞う春の嵐に桃の花なごりをおしみ散り急ぐかな

ト伝の伝記ゆかしき鹿嶋市の森深くして鳥の声聞く

空青く黄に咲き盛る菜の花の香り広がる川のほとりに

いつになく明るき利根(とね)川の匂いして淡き光にタンポポ咲きぬ

笹ぶえを吹けばなつかし幼き日笹の小舟を浮かべ競いき

行方の森

行方（なめがた）の繁れる森の夏の日に香りたちたり山百合の花

照り寄する日ざしもいつか秋の色稲は黄金の波を寄せおり

晩秋の雨に打たるる色もみじ夕べほとびてくる想いあり

かさこそと落葉を踏みて冬ごもる宿さがす虫に秋の日暮れて

うつろい

けいとうに羽ふるわせてとんぼ来ぬゆきあいの空秋を運びぬ

すすき穂は花火のような花開き風と一日たわむれており

ぽっかりとオレンジ色の太陽の夕やけもせず秋山に落つ

街路樹の根元に盛りし黒き土ふくよかにして霜柱たつ

この大地に木々生きいきと揺れており初秋の風はさわやかに流れ

月見草やがてはしぼみゆくならん夜に捧げし君の命よ

ブルーベリーたわわにその実付けにけりそっとわが手に触れる喜び

秋風にむらさきしきぶの枝ゆれぬ木々の緑の中にやさしく

軒端

二三輪置かれしさまや娑羅の花目にしみる白そのわびを知る

早朝の炸裂音に目をさます春雷の雨庭にはげしき

ごっとんと吹き寄せてくる風の音淋しよもみじ散りそむる庭

いつしかに鳴く虫の声耳になく風の流れに散りゆく紅葉

吹く風にバラの花びら散りはじむ時のうつろう影の淋しき

朝顔のグリーンカーテン花の咲き流るる風に色も流るる

あけがたに飛びきたる鳩とことこと庭を歩いてやがて飛び去る

短冊を結べる竹を飾り立て真菰作りの馬をつなぎぬ

飛石

色増して誰に見せばやあで姿打ち水をする庭のあじさい

もっこりと土持ち上げて茗荷の芽香りを食べる楽しさのあり

さみどりの峰の合い間に白き花咲かせてしずか花みずきあり

梅雨晴れに色あでやかな花みずき何か告げたき思いありそう

日の暮れて庭に聞こえる鈴虫の声細々と秋を呼びおり

新しく筧取り替え置石の春待ち居るや梅花香りて

朝ごとにさ庭の花や茗荷にも水やる暑さに負けるな負けるな

花の鉢買いて寄せ植えする冬の日差しうらうら背を押しにけり

綿毛つけ石間のしだの若葉ゆれやわき日ざしは春を呼びおり

庭の隅の茗荷の花もちらほらと見えかくれつつ香り立つ日よ

街

ベビーカーの赤ちゃん音をたてながらしゃぶってはいるにぎりこぶしよ

香り立つこの花園にささやかむ癒され過ごす日日多ければ

油浮く堀割川の遠方にくっきり青く筑波山浮かぶ

自動車の過ぎるあおりの風冷えて住宅展示場の寒き灯

砂は這い砂は舞い飛ぶ日川浜自然のキャンバス風紋の絆

雲たれて煙たなびく工業団地悪臭はまた発展のつけ

輪になりて老いも若きも盆踊り今宵一夜は皆夢の里

六日間努力成果を誇らしく示して栄えゆかむ神栖市

氷雨降る寒き日なれど「華の湯」に幸せそうな顔と顔浮く

今朝もまた音の流れに身を置きて間をとりめりはりつけて舞うなり

なりわい

大都市のスピード感に身を置きて楽しき今をとどめんとする

商談の進みてゆけば若き等と跳ね飛ぶごとく心はずみぬ

営業の出逢いの道に人ありて人の交わりに道は開ける

人生は演じる芝居と言うけれど名役者には道遠かりき

商談を心やさしく導きてキラリと見せる君の商魂

話し声数多聞きつつレストランに日々の孤独のストレス癒す

なめこ汁どろりとすすり霧の夜の深いふかあい暗愚のこころ

次々と事果たしたり夜の椅子にこんにゃくのごとわれは坐れる

駅前の小雨の中を急ぐ人ら残されしごと一人たたずむ

帰らぬ日思い出深き原宿のあの夢捨てた追憶の街

雨あがり歩道に可愛いうずできて相々傘の一瞬映る

舞

リハビリと思いてはする舞なれど心豊かに身もすこやかに

舞稽古ままならずして何ごともきわめる厳しさ今更に知る

メロディーの中に身を置き舞うことのロマンの世界の夢とたわむる

粋を越し競うその所作日舞にはこの身焦がして魅せられにつつ

舞うことにひざ腰痛み付いて来るリズムに合わせ間を取るは難し

早朝にお化粧するや発表会舞うも楽しき拍手喝采

舞いおわり迎える人の笑顔ありこの一瞬によろこびのわく

慰問

陽のぬるむころに慰問する白寿荘百歳までは生きると言えり

わが姿鏡のごとく思いたり空のあかねに心はなごむ

慰問する介護ホームへ花を持ちみんなで踊る楽しき汗よ

手を取りて話す笑顔のこぼれつつ共に癒さるるここちするなり

残り火

ピンと背を伸ばして歩くこと更に老いの姿を消したき朝は

むやみやたらに捨てたもうなよ勿体ない年輪の智慧世には生かさん

一人居の暮し馴染まず新盆の帰らぬ人を待ち居る夕べ

はんなりと過ぎゆく日日のはざまにて残り火なるや頬染まりくる

朝化粧お絵書きなどを日課とし老いを消したしシクラメン見つつ

鍋

紅を引く鏡の中のその色に忘れし若き思いはなやぐ

年老いて背丈ちぢめば棚の鍋踏台に乗り取らんとするも

うすきピンクのマニキュアすれば指先にあらたな命生まれるような

新しくなべを求めぬ黄の色のホワイトシチュウも新婚気分

苔石の雑草とりし茶庭なり教えし日々は遠くになりぬ

はなみずき風に流れるピンク色静養中の吾が目やすらぐ

若き日のレースの服を今風にアレンジし直す目はかすみつつ

うた

人生に巡りあいたる短歌なり幸いなるかな命洗わる

新緑の風の吹く日やわが思い短歌(うた)は難しされどたのしき

呆然と過ごす日にこそ愛の歌集繙かんかな春日かすみて
引き寄する歌の力のその中に溺れて見たきわが思いかな

病院の窓辺

学生等のラケットさばき見下ろして病院の窓辺に若き日思う

鼻骨をばドリルで削る目の手術老いて必ず通る道なるや

腰痛め日ごとのリハビリままならず生かされて今神に祈りぬ

注意して運転してもおのずから当てられ事故になることを知る

毎朝のリハビリ体操組み立てて八年つづく目ざめさわやか

練習を日々に重ねる舞なれど老いとの戦い軽くはあらず

眼科医院に待つは長しもにぎやかに老い人多くその内のわれ

レストラン可愛い子供と目が合いてほほ笑み交すその母知らず

絆

つれづれに毛糸たぐりて編む手先誕生祝のセーターとなる

親戚の仲を深める大切さ心がけよと息子には言う

バスにゆられ白線まぶし五月陽に涌きいづるかな命の泉

路地に咲くコスモスの花に手を触れて亡き友思う秋の日暮れぬ

竹林にすいと伸びたる若き竹若き命は親の背を抜く

スカーフの形を変えてバッグ作り友に分けるや楽しき思い

読書会に『デンデラ』を読む何故にこれ選びしや後味わるし

後足

後足で喉を掻いてる猫のタマまねをしてみる三日月の夜

頭投げ口を上向け眠るタマ飼いて三月の無心のさまよ

書き物をしている机に眠りいるタマは人並と思いておらん

客くれば玄関までも付いて来るタマよお前に用事はないよ

無花果

スプーンにつつき氷山をくずすがにくずしてすする粉茶（まっちゃ）の氷

陽に当ててふくらむ夜具を抱きかかえまどろむ夜の夢心地して

葉がくれに熟れし無花果手に取りて幾度か味わう秋のその味

ブルーベリー淡き乳色の花つけて目にもやさしく呼びかけるごと

ブルーベリー熟れれば摘みて朝ごとのジャムを作らんそを楽しまん

胡蝶蘭

はねを広げ舞うかと見ゆる胡蝶蘭首をかしげて魔女のささやき

さくらんぼルビーのように輝くを五六個嚙めば甘さに酔うも

ピンク色にみごとに咲きて胡蝶蘭ひと冬を越す部屋はうるおう

旅（一）

露天風呂に蜻蛉来たりて湯に触れぬ旅路の人の仲間入りする

苫小牧の港に待てる客船に友人といてポーズ取り合う

木々の葉の色どり深く秋は来て熊が山下り柿の実を喰う

美瑛の丘に寄りそうようなあの並木宇宙へ葉をば広げて立つか

朝霞の山にかかりてもやもやと今日の暑さを語るがごとし

旅（二）

浪逆浦（なさかうら）もやにつつまれ日はさしぬ飛驒高山へ旅立つバスに

青き色塗りたる船に漁師らは漁網操るしずかなる海

海はるか道またはるか砂浜におどる風受け旅する二人

鴨川のまひるに寄せている潮に浜辺に乾く藻の香のまじる

十九のトンネル越えて信越の山近づけば思いはおどる

木もれ日の白樺林抜けてきて岩肌を見る上高地なり

連山の岩肌見ゆる上高地川のせせらぎ小石のゆらぎ

徒然

人類の命の尊厳破壊するクローン人間など罪なるべし

仮説をば追い求めいる科学者の宇宙革命世界変えるか

サイトとかインターネットに追いつけず時代に置きざりされたる思い

変わりゆく時代の進化に追い越されそれでも明るく生きんと思う

民主党勝利に沸きてどう変えるマニフェストなど何処に行くか

政権の為の政治かと思うなり日本国民安心できず

今日よりはデジタル放送始まりぬテレビは叫ぶ時代の革命

ひまわりは夏の暑さにたえながら火の花首をさげているなり

花紅葉

ひたすらに事業命と生きるかと思える君にまた会いたくて

夕映えの水面さざめく水郷のポプラ並木の影暮れゆきぬ

正座する厳しい所作もなじむかな心とÈとのえわびの世界へ

苔石の庭に遊べる野点かな筧の音や水の流れや

残照の空

さつまいもホイルに包み焼きにけり夫と二人の冬日のおやつ

山茶花に朝の風吹き花は燃え美しきかなや目にしみるほど

誇らしくピンクにバラの花咲きぬ庭に五本が夕日受けつつ

晩秋の日差し淡しやそよ風に山茶花燃えて想いさそわる

孫の住む長野の地震ニュース聞き電話で話す安全なるか

ワープロを習わんとする　老いてゆくそれでも老いを背負いて生きん

神栖の和太鼓

太鼓打つバチさばき良く華やぎて心もおどる体も踊る

和太鼓の音勇ましくとどろけば心と体一対となる

空からの紅葉見れば美しや錦絵巻の夢世界なり

リフォームの着物を出してあれこれと思いながらに一夜を過ごす

あの着物スーツに良いかと掛けて見る形を変える切なさ持ちて

湖岸を走る

給油してコーティングしてすがすがし夕陽を受けて走る楽しさ

北浦の湖岸を走り冬の日のきらめく波に夢を浮かべて

家にいるのが好きというこの友の家洗濯物をきちんと干せり

雨の中に花びらのような雪降れり水仙の花寒さに負けず

犬のモモ寒さ知らずか朝早く窓辺に顔を出して挨拶

孫の店を素敵に飾る貴金属時代の流れたしかに見たり

髪の毛を風になびかせ自転車を走らせてくる孫一年生

震災

人々のあまた呑まれし大津波逃げるすべなく恐ろし悲し

恐ろしき大地震をば誰ぞ知るなぐさめ事では治まらぬなり

水仙の袴

朝日射しぽとんぽとんと水の音屋根凍らしし夜の霜なり

鉢の中にフリージアの球根植えつけて朝ごと水をやりて花待つ

水仙の袴をとりて水切りし活けるは我流のオブジェのかたち

花終えて黄葉すすむ萩むらに寒くなりつつときどきの雨

金木犀のかおり今年はベランダに届くことなく秋深まりぬ

あさごとにリハビリ体操おこたらず生きる楽しさ自分励ます

荒波も大波小波いくたびも越えきしわれのいまの安らぎ

ふくらはぎ揉んだり膝もマッサージ夜を歩けば八朔熟れて

芙蓉の園

裏庭に夜ごと鈴虫鳴く声のかそけく秋をつげる思いか

紅葉に蝶は舞い飛びよろこぶや可憐なさまに心なごみつ

秋日差し百日草も色あせつ実を付けおるや次の春へと

お隣のお話し好きな楽しき人芙蓉の園もにぎにぎと暮れむ

人生を語る楽しき集いかな過去を語りて若さを呼びぬ

スプリンクラー

庭に咲く百日草や山吹よ暑さに負けるなスプリンクラー

飛び散れるスプリンクラーは水花火庭のかえでも首下げている

日の陰る庭ここよしと猫のタマ昼寝している水まきし後

廊下にて死にたる蝉を庭に投ぐ夜に働きしタマの仕事か

生きるとは自然と人の戦いか神のすくいのなくて悲しも

下呂温泉・新穂高の旅

四キロの安房トンネル越えたれば長野岐阜へと道はひらけぬ

奥飛騨の流れる川にうつりたる紅葉うつくし谷間を走る

木曾川に沿いてくねくね中仙道十七宿の昔を思う

山と山重なり合いてその奥にまた山はあり新穂高見ゆ

蒲田川奥飛騨情緒豊かなりそぞろ歩くや昔を偲び

しらかば茶屋の温泉玉子食べにつつ木曾の空気にいやされている

馬籠宿昔を語る風情にて小川のほとりそぞろ歩くも

淡雪の連山遠く見えながら白馬平のふもとは紅葉

御船祭

船に乗りきたる神々に平穏を願う神事のいまはじまりぬ

常陸利根に神の船団勇壮に近づいてくる川面きらきら

船団の水上絵巻よ人々の幸を祈らむ鹿島の沖に

深い空に落葉が舞うよ秋ですね心の奥のさざ波立ちて

水戸の夜

水戸の夜の管弦楽の爽やかに小澤征爾のタクトの動き

優雅なるオーケストラの音の波宇宙の中にただよわんかな

小雨降り霞む北浦の対岸の「かんぽの湯」なる湯けむり流る

咲き初むる水仙の花香り立ち春も近しとささやきかくる

眼科医に待つこと長し老いたる身似た者同士元気に語る

とことこと庭を歩きて山鳩はいずこの空へ飛ばんとするや

梅ジュースの仕上がりの味にときめきつ酢甘くなりて甘露なるかな

葦簀下げ風鈴付けて窓の外の暑さしのぎを夫は整う

歩行練習

不動なる姿を見せる里山に静もりている煙立つ家

ベッドにて安静にして過ごす日の老化はゆるく行きつもどりつ

黄の色の水仙生けてわたくしの元気つちかうと夫たおりきぬ

杖をつき庭に出できてひっそりと冬の太陽浴びておりたり

今日の目標決めて一歩を踏み出だす歩行練習悔やみながらに

舞台にて舞の足元すべりたり歩けぬ日々はひと月となる

杖をつき片手は柵に一歩ずつリハビリつづく神に祈りて

あたたかき訪問介護受けながら一人歩ける日はいつのこと

常陸利根川

秋の風受けてポプラはからからと葉の音たてて見るは寂しも

吹きだまりに落葉くるくる舞い遊ぶマッサージ受け帰る夕暮れ

熱あるかと額と額当てし人若きあの日の恋と呼ばんか

マッサージ受ければしびれる右の手の少しやわらぐ心も晴れる

柳葉の長くたれたり台風の来ると伝える日暮れのニュース

雨戸しめ台風準備ととのえる夕べの光にもみじ葉の散る

うち群れて町の子通る　もろ声は秋風の中を澄みとおるなり

清々と流れる常陸利根川よ実りの秋の豊かな流れ

杖持ちて

初春の青山短歌教室に胸おどらせる夢追うごとく

杖持ちてゆっくり歩くたよりなさそれでも強く生きんと思う

右手しびれペンを持つ手のままならず老いたるわれにハードル高し

明け方のリハビリ体操タマが来て見ながら真似を始めんとする

秋はぎをたわわにゆらし吹く風のささやきをきくごとき思いか

跋

『神の池』のうた

中根　誠

大竹さんは、私が講師をつとめるNHK文化センター東京青山短歌教室の熱心な受講者である。短歌をはじめてそう長くはないのだが、物を見る目が確かで、心が熱い。

すでに『俊風』、『山鳩の声』という私歌集を編んで身近な歌の友に読んで頂いているのだが、このたびその中から選歌し、さらに新しい作品を加えて、『神の池』として出版することになった。

作品からは、生け花や舞踊や茶道に打ち込む大竹さんを知ることができる。また、うかがうところによると、かつて映画館、旅館、質屋、不動産業、建材業、ゴルフ場作りなどの経営にあたったという。これだけの経歴を見てもただの女性ではないことがわかる。短歌を趣味としたのは、このような事業をご子息たちに譲って退いてからのことになる。従って、現役のころの仕事の苦労や喜びを表す作品は、この歌集には少ない。それは大変残念なことであるが、必ずその時代のことをうたう機会が巡ってくるであろう。それを期待したい。

それでも僅かにその当時の活動をうかがわせる作品を読むことができる。

興業は渡世のこととは知らずして映画館経営始めたるなり

男にもなき大胆な事なりと叱られん銀行へまた借りに行く

レストランの開店準備ととのえて息子三人へすべてを託す

不動産業などの経営に波瀾万丈といえる人生を送ってきた人で、ご家族や知人はある時ははらはらして見守っていたことであろうが、作品は大竹さんの信念を貫く生き方を伝える。

産土（うぶすな）の神社の若葉すがしくて祈り深めつ秘めたる祈り

朝ごとに息栖の神に参拝しひたすら念ずわが生きる道

実業の世界において、大竹さんの信仰心はむしろ深まっていったようだ。産土神を信じて生活の中の柱にしているという感じで印象に残った。

朝ごとに父は愛馬で田園を一廻りするを日課としたり
母の智恵あれこれ思うこの年のわれに時間は速く流るる

父母への思いも作品にすると一層はっきりとして、改めて心が熱くなったことであろう。歳をとっても、父母は亡くなっても、父母を思えばいつでも子どもになるのである。

秋風にむらさきしきぶの枝ゆれぬ木々の緑の中にやさしく
庭の隅の茗荷の花もちらほらと見えかくれつつ香り立つ日よ
竹林にすいと伸びたる若き竹若き命は親の背を抜く

街路樹の根元に盛りし黒き土ふくよかにして霜柱たつ

芸道に励み、事業の経営にあたった激動の時代の舞台から降りて、いま大竹さんは静かに自然と向き合う生活の中にいる。掲出した四首をはじめとする季節感あふれる作品がそこから生み出された。観察力と情感の豊かさによるものである。

紅を引く鏡の中のその色に忘れし若き思いはなやぐ
眼科医に待つこと長し老いたる身似た者同士元気に語る
変わりゆく時代の進化に追い越されそれでも明るく生きんと思う
ピンと背を伸ばして歩くこと更に老いの姿を消したき朝は

この四首は、現在のありのままの自分をよく見つめる作品である。感情の微妙な起伏を掬い取っているのである。作品に認められる生きる意欲は、生来の肯定的な性格によるものではあろうが、これまでの豊かな経験に負うところがあるだろう。

雲たれて煙たなびく工業団地悪臭はまた発展のつけ
政権の為の政治かと思うなり日本国民安心できず
人類の命の尊厳破壊するクローン人間など罪なるべし

大竹さんは、茨城県の鹿島臨海工業地帯の中心である神栖市の発展をずっと見続けてきた人だから、その発展の中の矛盾もよく知っているのである。政治や科学への深い疑問も抱いている。

自然をうたった作品が多く、一見優雅な境地に遊ぶ作者、というイメージが強まると思われるが、このような現代への批判力を秘めていることも注目すべきであろう。

人々のあまた呑まれし大津波逃げるすべなく恐ろし悲し
恐ろしき大地震をば誰ぞ知るなぐさめ事では治まらぬなり

このたびの東日本大震災の津波によって神栖市も大きな被害があったが、東北の被災地への思いもうたわれている。その動揺はまだ収まらないだろうが、時間をかけて丁寧に詠んでいって欲しいと思う。

この冬は和服を着んか軽やかに体にそいてなじむ楽しさ
あれこれと衣装を見つつ空想のひととき楽し冬日さす部屋
悩まずに無心に短歌(うた)を作りたし意志を固める記念の秋日
舞いおわり迎える人の笑顔ありこの一瞬によろこびのわく

多くの貴重な人生経験と言えばそれまでだが、心身をすり減らすような苦労の連続であったろう。しかし、今はそれを乗り越えて日々の暮らしを楽しんでいる今年卒寿の大竹さんに拍手を送りたい。

あとがき

　これまでに二つのささやかな歌集を二冊編みましたが、ごく少数の方にお分けして読んでいただいたものでした。このたびはその中から選択し、それ以後の歌を加えまして、『神の池』として出すことにいたしました。神の池（ごう）は少女のころから親しんできた地元の池で、工業地帯化した現在の神栖市において、今も人々の心を慰める存在です。

　最近は舞の練習で腰を痛めるなど体の心配があり、弱気になることもありますが、歌を詠むことは楽しく、生活のいちばんの励みになっています。短歌の友との交流も元気の源になっています。

　今年は九十歳の卒寿を迎えることになります。ふりかえれば戦争を含めて、各種の事業や子育てなど大変な時期がありましたが、辛うじて乗り越えることができました。その時その時の皆さまのお心に感謝するばかりでございます。
中根誠先生には日頃ご指導をいただき、さらにこのたびの歌集出版につきまして一層のお導きをいただきました。心より御礼を申し上げます。
出版にあたりましては、現代短歌社社長の道具武志様、今泉洋子様、装幀の間村俊一様に大変お世話になりました。
心より御礼を申し上げます。有難うございました。

平成二十七年五月

大竹良子

大竹良子略歴

大正14年　茨城県神栖（かみす）市生まれ
龍生派華道教授（良寛園起風）
江戸千家茶道教授（俊風庵宗良）
藤間流舞踊師範
鹿行短歌会会員
神栖短歌会会員
「茨城歌人」会員

歌集　神の池（ごうのいけ）

平成27年５月15日　発行

著　者　大竹良子（おおたけよしこ）
〒314-0135 茨城県神栖市掘割1-4-3
発行人　道具武志
印　刷　㈱キャップス
発行所　**現代短歌社**

〒113-0033 東京都文京区本郷1-35-26
振替口座　00160-5-290969
電　話　03（5804）7100

定価2500円（本体2315円＋税）
ISBN978-4-86534-094-5 C0092 ¥2315E